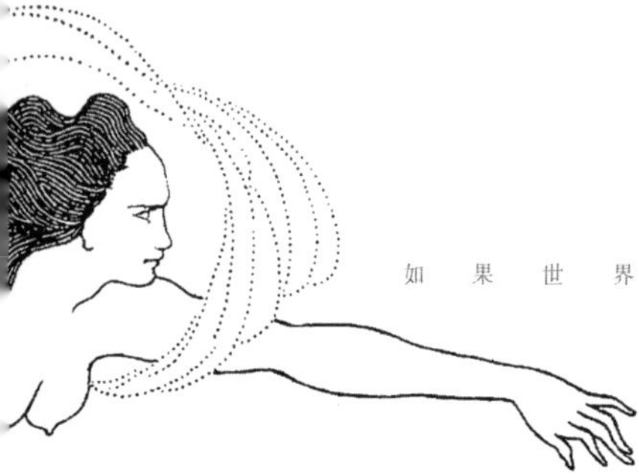

如 果 世 界 和 爱 情 都 还 很 年 轻

Shakespeare Love Poems

如果世界和爱情都还很年轻

[英] 威廉·莎士比亚——著
朱生豪——译

朱生豪 译 莎士比亚情诗集

百花洲文艺出版社
BAIHUAZHOU LITERATURE AND ART PRESS

二十丽姝，

请来吻我。

衰草枯杨，

青春易过。

译者序

于世界文学史中，足以笼罩一世，凌越千古，卓然为词坛之宗匠，诗人之冠冕者，其唯希腊之荷马，意大利之但丁，英之莎士比亚，德之歌德乎。此四子者，各于其不同之时代及环境中，发为不朽之歌声。然荷马史诗中之英雄，既与吾人之现实生活相去过远，但丁之天堂地狱，复与近代思想诸多抵牾；歌德去吾人较近，彼实为近代精神之卓越的代表。然以超脱时空限制一点而论，则莎士比亚之成就，实远在三子之上。盖莎翁笔下之人物，虽多为古代之贵族阶级，然彼所发掘者，实为古今中外贵贱贫富人人所同具之人性。故虽经三百余年以后，不仅其书为全世界文学之士所耽读，其剧本且在各国舞台与银幕上历久搬演而弗衰，盖由其作品中具有永久性与普遍性，故能深入人心如此耳。

中国读者耳莎翁大名已久，文坛知名之士，亦尝将其作品，译出多种，然历观坊间各译本失之于粗疏草率者尚少，失之于拘泥生硬者实繁有徒。拘泥字句之结果，不仅原作神味，荡焉无存，甚且艰深晦涩，有若天书，令人不能卒读，此则译者之过，莎翁不能任其咎者也。

余笃嗜莎剧，尝首尾严诵全集至十余遍，于原作精神，自觉颇有会心。廿四年春，得前辈同事詹文浒先生之鼓励，始着手为翻译全集之尝试。越年战事发生，历年来辛苦搜集之各种莎集版本，及诸家注释考证批评之书，不下一二百册，悉数毁于炮火，仓卒中惟携出牛津版全集一册，及译稿数本而已。厥后转辗流徙，为生活而奔波，更无暇晷，以续未竟之志。及三十一年春，目睹事变日亟，闭户家居，摈绝外务，始得专心一志，致力译事。虽贫穷疾病，交相煎迫，而埋头伏案，握管不辍。凡前后历十年而全稿完成，（案译者撰此文时，原拟在半年后可以译竟。讵意体力不支，厥功未就，而因病重辍笔）夫以译莎工作之艰巨，十年之功，不可云久，然毕生精力，殆已尽注于兹矣。

余译此书之宗旨，第一在求于最大可能之范围内，保持原作之神韵；必不得已而求其次，亦必以明白晓畅之字句，忠实传达原文之意趣；而于逐字逐句对照式之硬译，则未敢赞同。凡遇原文中与中国语法不合之处，往往再四咀嚼，不惜全部更易原文之结构，务使作者之命意豁然呈露，不为晦涩之字句所掩蔽。每译一段竟，必先自拟为读者，察阅译文中有无暧昧不明之处。又必自拟为舞台上之演员，审辨语调之是否顺口，音节之是否调和。一字一句之未惬，往往苦思累日。然才力所限，未能尽符理想；乡居僻陋，既无参考之书籍，又鲜质疑之师友。谬误之处，自知不免。所望海内学人，惠予纠正，幸甚幸甚！

生豪书于三十三年四月

目 录

辑一

Love is merely a madness

爱情不过是一种疯狂

（戏剧爱情诗精选）

当你在我身边的时候，

黑夜也变成了清新的早晨。

1

你美色无限，

真叫人夸也夸不完，

还求你包容，

给我充分时日来向你表白一番。

原是你的天姿国色惹起了这一切；

你的姿色不断在我睡梦中萦绕，

直叫我顾不得天下生灵，

只是一心想在你的酥胸边取得一刻温暖。

我怎能漠视美容香腮受到摧残；

有我在身边就不会容许你加以毁损：

正如太阳照耀大地，

鼓舞世人，

你的美色就是我的白昼和生命。

我是多么爱你，

恨不得马上把你的灵魂送归天国，

单看上天是否有意收下我这份礼物。

——莎士比亚《查理三世》

2

看，这戒指不大不小，

恰巧戴上你的手指，

正像你的胸腔紧紧围住我这颗可怜的心一样。

戒指和心都归你有，

都拿去使用吧。

你如果还肯答应你的忠仆一件事的话，

那就是你最后肯定了我一生的幸福了。

他俩这样相互抱住，

白蜡似的纯洁臂膀缠得好紧；

那嘴唇就像枝头的四瓣红玫瑰，

娇滴滴地在夏季的馥郁中亲吻。

——莎士比亚《查理三世》

3

你可以疑心星星是火把；
你可以疑心太阳会移转；
你可以疑心真理是谎话；
可是我的爱永没有改变。

爱像一盏油灯，
灯芯烧枯以后，
它的火焰也会由微暗而至于消灭。
一切事情都不能永远保持良好，
因为过度的善反会摧毁它的本身，
正像一个人因充血而死去一样。

我们所要做的事，
应该一想到就做；
因为人的想法是会变化的，
有多少舌头、多少手、多少意外，
就会有多少犹豫、多少迟延。

《柏拉图式的哀悼》

比亚兹莱　1894 年

1907 年，鲁斯（John W. Luce）在波士顿重新出版《莎乐美》，收录了这幅画。

那时候再空谈该做什么，

只不过等于聊以自慰的长吁短叹，

只能伤害自己的身体罢了。

——莎士比亚《哈姆莱特》

《哈姆莱特追随父亲的鬼魂》

比亚兹莱　1891 年

比亚兹莱这幅作品的故事出自莎士比亚的名剧《哈姆莱特》：哈姆莱特的父亲的鬼魂向他显灵，告诉自己被害的真相。从中可以看到明显的来自拉斐尔前派绘画大师伯恩—琼斯（Sir Edward Burne-Jones）的影响。

4

可是来得太迟了的爱情，
就像已经执行死刑以后方才送到的赦状，
不论如何后悔，
都没有法子再挽回了。

我们的粗心的错误，
往往不知看重我们自己所有的可贵事物，
直至丧失了它们以后，
方始认识它们的真价。

我们的无理的憎嫌，
往往伤害了我们的朋友，
然后再在他们的坟墓之前椎胸哀泣。
我们让整个白昼在憎恨中昏睡过去，
而当我们清醒转来以后，
再让我们的爱情因为看见已经铸成的错误而恸哭。

——莎士比亚《终成眷属》

5

你因为贫穷，所以是最富有的；
你因为被遗弃，所以是最可宝贵的；
你因为遭人轻视，所以最蒙我的怜爱。

我现在把你和你的美德一起攫在我的手里；
人弃我取是法理上所许可的。
天啊天！想不到他们的冷酷的蔑视，
却会激起我热烈的敬爱。

爱情里面要是掺杂了和它本身无关的算计，
那就不是真的爱情。

——莎士比亚《李尔王》

6

他就紧紧地捏住我的手，
嘴里喊，“啊，可爱的人儿！”
然后狠狠地吻着我，
好像那些吻是长在我的嘴唇上，
他恨不得把它们连根拔起一样；
然后他又把他的脚搁在我的大腿上，
叹一口气，亲一个吻，
喊一声：“该死的命运，把你给了那摩尔人！”

——莎士比亚《奥瑟罗》

7

当你在我身边的时候，
黑夜也变成了清新的早晨。

除了你之外，
在这世上我不企望任何的伴侣；
除了你之外，
我的想象也不能再产生出一个可以使我喜爱的形象。

当我每一眼看见你的时候，
我的心就已经飞到你的身边，
甘心为你执役，
使我成为你的奴隶。

我是一个傻子，
听见了衷心喜欢的话就流起泪来！

——莎士比亚《暴风雨》

8

最芬芳的花蕾中有蛀虫，
最聪明人的心里，
才会有蛀蚀心灵的爱情。

倘不是爱情把你锁系在你情人的温柔的眼波里，
我倒很想请你跟我一块儿去见识见识外面的世界。

苦恼的呻吟换来了轻蔑；
多少次心痛的叹息才换得了羞答答的秋波一盼；
片刻的欢娱，
是二十个晚上辗转无眠的代价。
单单提起爱情的名字，
便可以代替了我的三餐一宿。
让我们用神圣的一吻永固我们的盟誓。

真正的爱情是不能用言语表达的，
行为才是忠心的最好说明。

要是我在哪一天哪一个时辰里不曾为了你而叹息，

那么在下一个时辰里，

让不幸的灾祸来惩罚我的薄情吧！

——莎士比亚《维洛那二绅士》

9

你越把它遏制，它越燃烧得厉害。
你知道汩汩的轻流如果遭遇障碍就会激成怒湍；
可是它的路程倘使顺流无阻，
它就会在光润的石子上弹奏柔和的音乐，
轻轻地吻着每一根在它巡礼途中的芦苇，
以这种游戏的心情经过许多曲折的路程，
最后到达辽阔的海洋。

所以让我去，不要阻止我吧；
我会像一道耐心的轻流一样，
忘怀长途跋涉的辛苦，
一步步挨到爱人的门前，
然后我就可以得到休息。
就像一个有福的灵魂，
在历经无数的磨折以后，
永息在幸福的天国里一样。

——莎士比亚《维洛那二绅士》

10

当她飞向像普洛丢斯
那样亲爱、那样美好的爱人怀中去的时候，
尤其不会觉得路途的艰远。

她要是不爱听空话，
那么就用礼物去博取她的欢心；
无言的珠宝比之流利的言辞，
往往更能打动女人的心。
你要是知道一个人在恋爱中的内心的感觉，
你就会明白用空言来压遏爱情的火焰，
正像雪中取火一般无益。

你要是爱我的话，
请你不要怀疑他的忠心；
你也应当像我一样爱他，
我才喜欢你。

——莎士比亚《维洛那二绅士》

11

她的每一句冷酷的讥刺，
都可以使一个恋人心灰意懒；
可是她越是不理我的爱，
我越是像一头猎狗一样不愿放松她。
为爱情而奔走的人，
当他嫌跑得不够快的时候，
就会溜了去的。

——莎士比亚《维洛那二绅士》

《床上的自画像》

比亚兹莱　1894 年

“通过那孪生的神保佑，魔鬼们都不在非洲。”

12

她靠着她的冰清玉洁的名誉做掩护，
我虽有一片痴心，
却不敢妄行非礼；
她的光彩过于耀目了，
使我不敢向她抬头仰望。

你那端庄的步伐，
穿起圆圆的围裙来，
一定走一步路都是仪态万方。
命运虽然不曾照顾你，
造物却给了你绝世的姿容，
你就是有意把它遮掩，
也是遮掩不了的。
我现在除了你美好的本身以外，
再没有别的希求。

可是我爱你，

我爱的只是你，

你是值得我爱的。

天知道我是怎样爱着您，

您总有一天会明白我的心的。

希望你永远不要变心，

我总不会有负于你。

我爱你，我只爱你一个人；

帮我离开这屋子；让我钻进去。

——莎士比亚《温莎的风流娘儿们》

13

亲爱的姑娘，我叫不出你的芳名，
更不懂我的名姓怎会被你知道；
你绝俗的风姿，你天仙样的才情，
简直是地上的奇迹，无比的美妙。

好姑娘，请你开启我愚蒙的心智，
为我指导迷津，扫清我胸中云翳，
我是一个浅陋寡闻的凡夫下士，
解不出你玄妙神奇的微言奥义。
我这不敢欺人的寸心惟天可表，
你为什么定要我堕入五里雾中？
你是不是神明，要把我从头创造？

那么我愿意悉听摆布，唯命是从。
可是我并没有迷失了我的本性，
这一门婚事究竟是从哪里说起？
我与她素昧平生，哪里来的责任？

我的情丝却早已在你身上牢系。
你婉妙的清音就像鲛人的仙乐，
莫让我在你姊姊的泪涛里沉溺；

我愿意倾听你自己心底的妙曲，
迷醉在你黄金色的发浪里安息，
那灿烂的柔丝是我永恒的眠床，
把温柔的死乡当作幸福的天堂！

——莎士比亚《错误的喜剧》

14

静默是表示快乐的最好的方法；
要是我能够说出我的心里多么快乐，
那么我的快乐只是有限度的。

您现在既然已经属于我，
我也就是属于您的了；
我把我自己跟您交换，
我要把您当作瑰宝一样珍爱。
要是你不知道说些什么话好，
你就用一个吻堵住他的嘴，
让他也不要说话。

——莎士比亚《无事生非》

15

为了你我要锁闭一切爱情的门户，
让猜疑停驻在我的眼睛里，
把一切美色变成不可亲近的蛇蝎，
永远失去它诱人的力量。
我愿意活在你的心里，
死在你的怀里，
葬在你的眼里。

——莎士比亚《无事生非》

16

您在心头爱着她，

因为您的心得不到她的爱；

您在心里爱着她，

因为她已经占据了您的心；

您在心儿外面爱着她，

因为您已经为她失去您的心。

——莎士比亚《爱的徒劳》

17

旭日不曾以如此温馨的蜜吻
给予蔷薇上晶莹的黎明清露，
有如你的慧眼以其灵辉耀映
那淋下在我颊上的深宵残雨；
皓月不曾以如此璀璨的光箭
穿过深海里透明澄澈的波心，
有如你的秀颜照射我的泪点，
一滴滴荡漾着你冰雪的精神。

每一颗泪珠是一辆小小的车，
载着你在我的悲哀之中驱驰；
那洋溢在我睫下的朵朵水花，
从忧愁里映现你胜利的荣姿；
请不要以我的泪作你的镜子，
你顾影自怜，我将要永远流泪。
啊，倾国倾城的仙女，你的颜容
使得我搜索枯肠也感觉词穷。

——莎士比亚《爱的徒劳》

《夜章》

比亚兹莱　1894 年

《黄面志》第一期的扉页，一个女子在草地中弹钢琴。

18

倘不是为了我的爱人，
白昼都要失去它的光亮。
她的娇好的颊上集合着一切出众的美点，
她的华贵的全身找不出丝毫缺陷。

借给我所有辩士们的生花妙舌——
啊，不！她不需要夸大的辞藻；
待沽的商品才需要赞美，
任何赞美都比不上她自身的美妙。

形容枯瘦的一百岁的隐士，
看了她一眼会变成五十之翁；
美貌是一服换骨的仙丹，
它会使扶杖的衰龄返老还童。
啊！她就是太阳，万物都被她照耀得灿烂生光。

——莎士比亚《爱的徒劳》

19

整个世界都是属于我所有，
我愿意把一切捐弃，
但求化身为你。
啊！教给我怎样流转眼波，
用怎么一种魔力操纵着狄米特律斯的心？
我向他皱着眉头，但是他仍旧爱我。

我给他咒骂，但他给我爱情。
我越是恨他，他越是跟随着我。
我越是爱他，他越是讨厌我。

——莎士比亚《仲夏夜之梦》

20

爱情的火在眼睛里点亮，
凝视是爱情生活的滋养，
它的摇篮便是它的坟堂。
让我们把爱的丧钟鸣响。

你选择不凭着外表，
果然给你直中鹄心！
胜利既已入你怀抱，
你莫再往别处追寻。
这结果倘使你满意，
就请接受你的幸运，
赶快回转你的身体，
给你的爱深深一吻。

温柔的纶音！美人，请恕我大胆，（吻鲍西娅）
我奉命来把彼此的深情交换。
像一个夺标的健儿驰骋身手，

耳旁只听见沸腾的人声如吼，

虽然明知道胜利已在他手掌，

却不敢相信人们在向他赞赏。

绝世的美人，我现在神眩目晕，

仿佛闯进了一场离奇的梦境；

除非你亲口证明这一切是真，

我再也不相信我自己的眼睛。

——莎士比亚《威尼斯商人》

21

不惧黄昏近，

但愁白日长；

翩翩书记俊，

今夕喜同床。

金环束指间，

灿烂自生光，

唯恐娇妻骂，

莫将弃道旁。

——莎士比亚《威尼斯商人》

22

虽然在你年轻的时候，
你也像那些半夜三更在枕上翻来覆去的情人们一样真心。
可是假如你的爱情也跟我的差不多——
我想一定没有人会有我那样的爱情——
那么你为了你的痴心梦想，
一定做出过不知多少可笑的事情呢！

那么你就是不曾诚心爱过。
假如你记不得你为了爱情而做出来的一件最琐细的傻事，
你就不算真的恋爱过。
假如你不曾像我现在这样坐着絮絮讲你的姑娘的好处，
使听的人不耐烦，
你就不算真的恋爱过。
假如你不曾突然离开你的同伴，

像我的热情现在驱使着我一样，
你也不算真的恋爱过。

我记得我在恋爱的时候，
曾经把一柄剑在石头上摔断，
叫夜里来和琴·史美尔幽会的那个家伙留心着我；
我记得我曾经吻过她的洗衣棒，
也吻过被她那双皲裂的玉手挤过的母牛乳头；
我记得我曾经把一颗豌豆荚权当作她而向她求婚，
我剥出了两颗豆子，
又把它们放进去，
边流泪边说，
“为了我的缘故，请您留着作个纪念吧。”

——莎士比亚《皆大欢喜》

23

这些树林将是我的书册，

我要在一片片树皮上镂刻下相思，

好让每一个来到此间的林中游客，

任何处见得到颂赞她美德的言辞。

爱情不过是一种疯狂；

我对你说，

有了爱情的人，

是应该像对待一个疯子一样，

把他关在黑屋子里用鞭子抽一顿的。

那么为什么他们不用这种处罚的方法来医治爱情呢？

因为那种疯病是极其平常的，

就是拿鞭子的人也在恋爱哩。

——莎士比亚《皆大欢喜》

《高潮》

比亚兹莱　1894 年

比亚兹莱在读了王尔德的剧本《莎乐美》以后有感而创作了一幅表现莎乐美捧着施洗约翰的头颅，亲吻他的嘴唇的插图。这幅画，黑白色块的使用形成强烈的对比，弯曲的线条极富装饰性。

24

恋爱的使者应当是思想，
因为它比驱散山坡上的阴影的太阳光还要快十倍；
所以维纳斯的云车是用白鸽驾驶的，
所以凌风而飞的丘匹德生着翅膀。

现在太阳已经升上中天，
从九点钟到十二点钟是三个很长的钟点，
可是她还没有回来。
要是她是个有感情、有温暖的青春的血液的人，
她的行动一定会像球儿一样敏捷，
我用一句话就可以把她抛到我的心爱的情人那里，
他也可以用一句话把她抛回到我这里。

——莎士比亚《罗密欧与朱丽叶》

25

要是我看见了他以后，
能够发生好感，
那么我是准备喜欢他的。
可是我的眼光的飞箭，
倘然没有得到您的允许，
是不敢大胆发射出去的呢。

他的羽镞已经穿透我的胸膛，
我不能借着他的羽翼高翔；
他束缚住了我整个的灵魂，
爱的重担压得我向下坠沉，
跳不出烦恼去。

爱是一件温柔的东西，
要是你拖着它一起沉下去，
那未免太难为它了。
要是爱情虐待了你，

你也可以虐待爱情；

它刺痛了你，

你也可以刺痛它；

这样你就可以战胜了爱情。

恨灰中燃起了爱火融融，

要是不该相识，何必相逢！

——莎士比亚《罗密欧与朱丽叶》

26

我借着爱的轻翼飞过园墙，
因为砖石的墙垣是不能把爱情阻隔的；
爱情的力量所能够做到的事，
它都会冒险尝试，
所以我不怕你家里人的干涉。
朦胧的夜色可以替我遮过他们的眼睛。
只要你爱我，
就让他们瞧见我吧；
与其因为得不到你的爱情而在这世上捱命，
还不如在仇人的刀剑下丧生。

爱情怂恿我探听出这一个地方；
他替我出主意，
我借给他眼睛。
我不会操舟驾舵，
可是倘使你在辽远辽远的海滨，
我也会冒着风波寻访你这颗珍宝。

——莎士比亚《罗密欧与朱丽叶》

27

唉！想不到爱情蒙着眼睛，
却会一直闯进人们的心灵！
我们在什么地方吃饭？哎哟！
又是谁在这儿打过架了？
可是不必告诉我，我早就知道了。
这些都是怨恨造成的后果，
可是爱情的力量比它要大过许多。

啊，吵吵闹闹的相爱，
亲亲热热的怨恨！
啊，无中生有的一切！
啊，沉重的轻浮，严肃的狂妄，
整齐的混乱，铅铸的羽毛，
光明的烟雾，寒冷的火焰，
憔悴的健康，永远觉醒的睡眠，
否定的存在！

我感觉到的爱情正是这么一种东西，

可是我并不喜爱这一种爱情。

——莎士比亚《罗密欧与朱丽叶》

28

丘匹德的金箭不能射中她的心；

她有狄安娜女神的圣洁，

不让爱情软弱的弓矢损害她的坚不可破的贞操。

她不愿听任深怜密爱的词句把她包围，

也愿让灼灼逼人的眼光向她进攻，

更不愿接受可以使圣人动心的黄金的诱惑；

啊！美貌便是她巨大的财富，

只可惜她一死以后，

她的美貌也要化为黄土！

——莎士比亚《罗密欧与朱丽叶》

29

充实的思想不在于言语的富丽；

只有乞儿才能够计数他的家私。

真诚的爱情充溢在我的心里，

我无法估计自己享有的财富。

——莎士比亚《罗密欧与朱丽叶》

30

这种狂暴的快乐，

将会产生狂暴的结局，

正像火和火药的亲吻，

就在最得意的一刹那烟消云散。

最甜的蜜糖，

可以使味觉麻木；

不太热烈的爱情，

才会维持久远。

太快和太慢，

结果都不会圆满。

——莎士比亚《罗密欧与朱丽叶》

31

假如音乐是爱情的食粮，
那么奏下去吧；
尽量地奏下去，
好让爱情因过饱噎塞而死。
又奏起这个调子来了！
它有一种渐渐消沉下去的节奏。
啊！它经过我的耳畔，
就像微风吹拂一丛紫罗兰，
发出轻柔的声音，
一面把花香偷走，
一面又把花香分送。
够了！别再奏下去了！
它现在已经不像原来那样甜蜜了。

爱情的精灵呀！
你是多么敏感而活泼；
虽然你有海一样的容量，

可是无论怎样高贵超越的事物，

一进了你的范围，

便会在倾刻间失去了它的价值。

爱情是这样充满了意象，

在一切事物中是最富于幻想的。

——莎士比亚《第十二夜》

32

什么是爱情？它不在明天；
欢笑嬉游莫放过了眼前，
将来的事有谁能猜料？
不要蹉跎了大好的年华；
来吻着我吧，你双十娇娃，
转眼青春早化成衰老。

恋人的相遇终结了行程，
每个聪明人全都知晓。
要是你有一天和人恋爱了，
请在甜蜜的痛苦中记着我；
因为真心的恋人都像我一样，
在其他一切情感上都是轻浮易变，
但他所爱的人儿的影像，
却永远铭刻在他的心头。

——莎士比亚《第十二夜》

33

西萨里奥，凭着春日蔷薇、
贞操、忠信与一切，我爱你
这样真诚，不顾你的骄傲，
理智拦不住热情的宣告。
别以为我这样向你求情，
你就可以无须再献殷勤；
须知求得的爱虽费心力，
不劳而获的更应该珍惜。
你不妨再来，也许能感动。

我的爱情是超越世间的，
泥污的土地不是我所看重的事物；
命运所赐给她的尊荣财富，
你对她说，
在我的眼中都像命运一样无常；
吸引我的灵魂的是她的天赋的灵奇，
绝世的仙姿。

《利马的圣罗斯升天》

比亚兹莱　1896 年

圣罗斯依偎在天主的怀抱中，脸上露出迷醉的表情。

女人小小的身体一定受不住像爱情

强加于我心中的那种激烈的搏跳；

女人的心没有这样广大，

可以藏得下这许多；

她们缺少含忍的能力。

唉，她们的爱就像一个人的口味一样，

不是从脏腑里，而是从舌头上感觉到的，

过饱了便会食伤呕吐；

可是我的爱就像饥饿的大海，

能够消化一切。

——莎士比亚《第十二夜》

34

二十丽姝，

请来吻我。

衰草枯杨，

青春易过。

——莎士比亚《第十二夜》

35

爱情！你深入一切事物的中心；
你会把不存在的事实变成可能，
而和梦境互相沟通；——
怎么会有这种事呢？——
你能和伪妄合作，和空虚联络，
难道便不会和实体发生关系吗？
这种事情已经无忌惮地发生了，
我已经看了出来，
使我痛心疾首。

——莎士比亚《冬天的故事》

36

好姑娘，只求你对我略加怜悯，

千万别不相信我的海誓山盟，

那些话还从不曾出我口中，

因为我多次拒绝了爱情的筵席，

但我还从没请过人，除了你。

——莎士比亚《情女怨》

37

你是多么强大啊，听我告诉你，
所有那些属我所有的破碎的心，
把它们的泉源全倾入我的井里，
而我却一起向你的海洋倾进：
我使她们心动，你却使我醉心，
胜利归你，我们已全部被征服，
愿这复合的爱能医治你的冷酷。

我有幸使一颗神圣的明星动情，
她受过教养，追求着典雅的生活，
但一见到我便相信了她的眼睛，
什么誓言、神谕立即都全部忘却；
可是对于你，爱的神明，
任何誓约、誓愿或许诺全可以不加考虑，
因为你是一切，一切都属于你。

——莎士比亚《情女怨》

《特里斯坦如何饮下爱情药酒》

比亚兹莱　1893—1894 年

这幅画的故事出自瓦格纳的著名歌剧《特里斯坦与伊索尔德》。画中特里斯坦高举酒杯，造型是尖端朝下的倒三角，伊索尔德公主则是尖端朝上的正三角，两者构成生动的呼应关系。

HOW SIR TRISTRAM
DRANK OF THE
LOVE DRINK

38

有一天（啊，这倒霉的一天！）
爱情，原本常年欢欣无限，
却看到一株鲜花，无比灵秀，
在一片狂风中舞蹈、嬉游：
风儿穿过绿叶深处的小径，
无影无形地钻进了花蕊；
怀着醋意的爱情满心悲痛，
只恨自己不能也化作一阵风。

风啊，他说，你能够潜进花蕊，
风啊，但愿我也能如此幸运！
可是，天哪，我曾经立下宏誓，
决不动手把你摘下花枝：
少年郎随便发誓，实在太傻，
少年郎，如何禁得住不摘鲜花？

宙斯如果有一天能见到你，
他会认为朱诺奇丑无比；
为了你他会不愿作天神，
为了得到你的爱，甘作凡人。

——莎士比亚《乐曲杂咏》

39

请来和我同住，作我心爱的情人，
那我们就将永远彼此一条心，
共同尝尽高山、低谷、田野、丛林
和峻岭给人带来的一切欢欣。

在那里，我们将并肩坐在岩石上，
观看着牧人在草原上牧放牛羊，
或者在清浅的河边，侧耳谛听，
欣赏水边小鸟的动人的歌声。

在那里，我将用玫瑰花给你作床，
床头的无数题辞也字字芬芳，
用鲜花给你作冠，为你做的衣裳，
上面的花朵全是带叶的郁金香；

腰带是油绿的青草和长春花藤，
用珊瑚作带扣，带上镶满琥珀花纹。

如果这些欢乐的确能使你动心，
就请你来和我同住，作我的情人。

情人的回答：
如果世界和爱情都还很年轻，
如果牧童嘴里的话确是真情，
这样一些欢乐可能会使我动心，
我也就愿和你同住，作你的情人。

——莎士比亚《乐曲杂咏》

40

黑夜无论怎样悠长，
白昼总会到来的。

上帝饶恕我们一切世人！
留心照料她；
凡是可以伤害她自己的东西
全都要从她手边拿开；
随时看顾着她。
好，晚安！
她扰乱了我的心，
迷惑了我的眼睛。
我心里所想到的，
却不敢把它吐出嘴唇。

——莎士比亚《麦克白》

辑 二

十四行诗精选

Sonnets Chosen

我为你守夜，而你在别处清醒，
远远背着我，和别人却太靠近。

41

当四十个冬天围攻你的朱颜，
在你美的园地挖下深的战壕，
你青春的华服，那么被人艳羡，
将成褴褛的败絮，谁也不要瞧：
那时人若问起你的美在何处，
哪里是你那少壮年华的宝藏，
你说，“在我这双深陷的眼眶里，
是贪婪的羞耻，和无益的颂扬。”
你的美的用途会更值得赞美，
如果你能够说，“我这宁馨小童
将总结我的账，宽恕我的老迈，”
证实他的美在继承你的血统！
　　这将使你在衰老的暮年更生，
　　并使你垂冷的血液感到重温。

——莎士比亚《十四行诗：2》

42

当我默察一切活泼泼的生机
保持它们的芳菲都不过一瞬，
宇宙的舞台只搬弄一些把戏
被上苍的星宿在冥冥中牵引；
当我发觉人和草木一样繁衍，
任同一的天把他鼓励和阻挠，
少壮时欣欣向荣，盛极又必反，
繁华和璀璨都被从记忆抹掉；
于是这一切奄忽浮生的征候
便把妙龄的你在我眼前呈列，
眼见残暴的时光与腐朽同谋，
要把你青春的白昼化作黑夜；
　　为了你的爱我将和时光争持：
　　他摧折你，我要把你重新接枝。

——莎士比亚《十四行诗：15》

43

我怎么能够把你来比作夏天?
你不独比它可爱也比它温婉:
狂风把五月宠爱的嫩蕊作践,
夏天出赁的期限又未免太短:
天上的眼睛有时照得太酷烈,
它那炳耀的金颜又常遭掩蔽:
被机缘或无常的天道所摧折,
没有芳艳不终于雕残或销毁。
但是你的长夏永远不会凋落,
也不会损失你这皎洁的红芳,
或死神夸口你在他影里漂泊,
当你在不朽的诗里与时同长。
　　只要一天有人类,或人有眼睛,
　　这诗将长存,并且赐给你生命。

——莎士比亚《十四行诗:18》

44

饕餮的时光，去磨钝雄狮的爪，
命大地吞噬自己宠爱的幼婴，
去猛虎的颚下把它利牙拔掉，
焚毁长寿的凤凰，灭绝它的种，
使季节在你飞逝时或悲或喜；
而且，捷足的时光，尽肆意摧残
这大千世界和它易谢的芳菲；
只有这极恶大罪我禁止你犯：
哦，别把岁月刻在我爱的额上，
或用古老的铁笔乱画下皱纹：
在你的飞逝里不要把它弄脏，
好留给后世永作美丽的典型。
　　但，尽管猖狂，老时光，凭你多狠，
　　我的爱在我诗里将万古长青。

——莎士比亚《十四行诗：19》

《莎乐美的梳洗室Ⅱ》

比亚兹莱　1894年

理发师戴着面具，其表情“居心叵测”，

而莎乐美的表情既风情万种又善恶难辨。

45

这镜子决不能使我相信我老，
只要大好韶华和你还是同年；
但当你脸上出现时光的深槽，
我就盼死神来了结我的天年。
因为那一切妆点着你的美丽
都不过是我内心的表面光彩；
我的心在你胸中跳动，正如你
在我的：那么，我怎会比你先衰？
哦，我的爱呵，请千万自己珍重，
像我珍重自己，乃为你，非为我。
怀抱着你的心，我将那么郑重，
像慈母防护着婴儿遭受病魔。
　　别侥幸独存，如果我的心先碎；
　　你把心交我，并非为把它收回。

——莎士比亚《十四行诗：22》

46

仿佛舞合上初次演出的戏子
慌乱中竟忘记了自己的角色，
又像被触犯的野兽满腔怒气，
它那过猛的力量反使它胆怯；
同样，缺乏着冷静，我不觉忘掉
举行爱情的仪节的彬彬盛典，
被我爱情的过度重量所压倒，
在我自己的热爱中一息奄奄。
哦，请让我的诗篇做我的辩士，
替我把缠绵的衷曲默默诉说，
它为爱情申诉，并希求着赏赐，
多于那对你絮絮不休的狡舌：
　　请学会去读缄默的爱的情书，
　　用眼睛来听原属于爱的妙术。

——莎士比亚《十四行诗：23》

47

我眼睛扮作画家，把你的肖像
描画在我的心版上，我的肉体
就是那嵌着你的姣颜的镜框，
而画家的无上的法宝是透视。
你要透过画家的巧妙去发见
那珍藏你的奕奕真容的地方；
它长挂在我胸内的画室中间，
你的眼睛却是画室的玻璃窗。
试看眼睛多么会帮眼睛的忙：
我的眼睛画你的像，你的却是
开向我胸中的窗，从那里太阳
喜欢去偷看那藏在里面的你。
　　可是眼睛的艺术终欠这高明：
　　它只能画外表，却不认识内心。

——莎士比亚《十四行诗：24》

48

我爱情的至尊，你的美德已经
使我这藩属加强对你的拥戴，
我现在寄给你这诗当作使臣，
去向你述职，并非要向你炫才。
职责那么重，我又才拙少俊语，
难免要显得赤裸裸和你相见，
但望你的妙思，不嫌它太粗鄙，
在你灵魂里把它的赤裸裸遮掩；
因而不管什么星照引我前程，
都对我露出一副和悦的笑容，
把华服加给我这寒伧的爱情，
使我配得上你那缱绻的恩宠。
　　那时我才敢对你夸耀我的爱，
　　否则怕你考验我，总要躲起来。

——莎士比亚《十四行诗：26》

49

精疲力竭，我赶快到床上躺下，
去歇息我那整天劳顿的四肢；
但马上我的头脑又整装出发，
以劳我的心，当我身已得休息。
因为我的思想，不辞离乡背井，
虔诚地趱程要到你那里进香，
睁大我这双沉沉欲睡的眼睛，
向着瞎子看得见的黑暗凝望；
不过我的灵魂，凭着它的幻眼，
把你的倩影献给我失明的双眸，
像颗明珠在阴森的夜里高悬，
变老丑的黑夜为明丽的白昼。
　　这样，日里我的腿，夜里我的心，
　　为你、为我自己，都得不着安宁。

——莎士比亚《十四行诗：27》

50

当我传唤对已往事物的记忆
出庭于那馨香的默想的公堂，
我不禁为命中许多缺陷叹息，
带着旧恨，重新哭蹉跎的时光；
于是我可以淹没那枯涸的眼，
为了那些长埋在夜台的亲朋，
哀悼着许多音容俱渺的美艳，
痛哭那情爱久已勾销的哀痛：
于是我为过去的惆怅而惆怅，
并且一一细算，从痛苦到痛苦，
那许多呜咽过的呜咽的旧账，
仿佛还未付过，现在又来偿付。
　　但是只要那刻我想起你，挚友，
　　损失全收回，悲哀也化为乌有。

——莎士比亚《十四行诗：30》

51

你的胸怀有了那些心而越可亲
（它们的消逝我只道已经死去）；
原来爱，和爱的一切可爱部分，
和埋掉的友谊都在你怀里藏住。
多少为哀思而流的圣洁泪珠
那虔诚的爱曾从我眼睛偷取
去祭奠死者！我现在才恍然大悟
他们只离开我去住在你的心里。
你是座收藏已往恩情的芳塚，
满挂着死去的情人的纪念牌，
他们把我的馈赠尽向你呈贡，
你独自享受许多人应得的爱。
　　在你身上我瞥见他们的倩影，
　　而你，他们的总和，尽有我的心。

——莎士比亚《十四行诗：31》

52

让我承认我们俩一定要分离，
尽管我们那分不开的爱是一体：
这样，许多留在我身上的瑕疵，
将不用你分担，由我独自承起。
你我的相爱全出于一片至诚，
尽管不同的生活把我们隔开，
这纵然改变不了爱情的真纯，
却偷掉许多密约佳期的欢快。
我再也不会高声认你做知己，
生怕我可哀的罪过使你含垢，
你也不能再当众把我来赞美，
除非你甘心使你的名字蒙羞。
　　可别这样做；我既然这样爱你，
　　你是我的，我的荣光也属于你。

——莎士比亚《十四行诗：36》

53

哦，我怎能不越礼地把你歌颂，
当我的最优美部分全属于你？
赞美我自己对我自己有何用？
赞美你岂不等于赞美我自己？
就是为这点我们也得要分手，
使我们的爱名义上各自独处，
以便我可以，在这样分离之后，
把你该独得的赞美全部献出。
别离呵！你会给我多大的痛创，
倘若你辛酸的闲暇不批准我
拿出甜蜜的情思来款待时光，
用甜言把时光和相思蒙混过——
　　如果你不教我怎样化一为二，
　　使我在这里赞美远方的人儿！

——莎士比亚《十四行诗：39》

54

夺掉我的爱，爱呵，请通通夺去；
看看比你已有的能多些什么？
没什么，爱呵，称得上真情实意；
我所爱早属你，纵使不添这个。
那么，你为爱我而接受我所爱，
我不能对你这享受加以责备；
但得受责备，若甘心自我欺绐，
你故意贪尝不愿接受的东西。
我可以原谅你的掠夺，温柔贼，
虽然你把我仅有的通通偷走；
可是，忍受爱情的暗算，爱晓得，
比憎恨的明伤是更大的烦忧。
　　风流的妩媚，连你的恶也妩媚，
　　尽管毒杀我，我们可别相仇视。

——莎士比亚《十四行诗：40》

55

你那放荡不羁所犯的风流罪
（当我有时候远远离开你的心）
与你的美貌和青春那么相配，
无论到哪里，诱惑都把你追寻。
你那么温文，谁不想把你夺取？
那么姣好，又怎么不被人围攻？
而当女人追求，凡女人的儿子
谁能坚苦挣扎，不向她怀里送？
唉！但你总不必把我的位儿占，
并斥责你的美丽和青春的迷惑：
它们引你去犯那么大的狂乱，
使你不得不撕毁了两重誓约：
　　她的，因为你的美诱她去就你；
　　你的，因为你的美对我失信义。

——莎士比亚《十四行诗：41》

56

你占有她，并非我最大的哀愁，
可是我对她的爱不能说不深；
她占有你，才是我主要的烦忧，
这爱情的损失更能使我伤心。
爱的冒犯者，我这样原谅你们：
你所以爱她，因为晓得我爱她；
也是为我的原故她把我欺瞒，
让我的朋友替我殷勤款待她。
失掉你，我所失是我情人所获，
失掉她，我朋友却找着我所失；
你俩互相找着，而我失掉两个，
两个都为我的原故把我磨折：
　　但这就是快乐：你和我是一体；
　　甜蜜的阿谀！她却只爱我自己。

——莎士比亚《十四行诗：42》

57

我眼睛闭得最紧，看得最明亮：
它们整天只看见无味的东西；
而当我入睡，梦中却向你凝望，
幽暗的火焰，暗地里放射幽辉。
你的影子既能教黑影放光明，
对闭上的眼照耀得那么辉煌，
你影子的形会形成怎样的美景，
在清明的白天里用更清明的光！
我的眼睛，我说，会感到多幸运
若能够凝望你在光天化日中，
既然在死夜里你那不完全的影
对酣睡中闭着的眼透出光容！
　　天天都是黑夜一直到看见你，
　　夜夜是白天当好梦把你显示！

——莎士比亚《十四行诗：43》

58

现在我的眼和心缔结了同盟，
为的是互相帮忙和互相救济：
当眼儿渴望要一见你的尊容，
或痴情的心快要给叹气窒息，
眼儿就把你的画像大摆筵桌，
邀请心去参加这图画的盛宴；
有时候眼睛又是心的座上客，
去把它缱绻的情思平均分沾：
这样，或靠你的像或我的依恋，
你本人虽远离还是和我在一起；
你不能比我的情思走得更远，
我老跟着它们，它们又跟着你；
　　或者，它们倘睡着，我眼中的像
　　就把心唤醒，使心和眼都舒畅。

——莎士比亚《十四行诗：47》

《帕特里克·坎贝尔女士》

比亚兹莱　1894 年

这幅画中，坎贝尔女士一袭白衣，仅只头发是黑色，上面簪着一朵素花，拿着手绢款款而行。比亚兹莱的作品特色不仅是其对黑色块与曲线条的完美运用，而且赋予了人物独特的表情。

59

哦，美看起来要更美得多少倍，
若再有真加给它温馨的装潢！
玫瑰花很美，但我们觉得它更美，
因为它吐出一缕甜蜜的芳香。
野蔷薇的姿色也是同样旖旎，
比起玫瑰的芳馥四溢的姣颜，
同挂在树上，同样会搔首弄姿，
当夏天呼吸使它的嫩蕊轻展：
但它们唯一的美德只在色相，
开时无人眷恋，萎谢也无人理；
寂寞地死去。香的玫瑰却两样；
她那温馨的死可以酿成香液：
　　你也如此，美丽而可爱的青春，
　　当韶华凋谢，诗提取你的纯精。

——莎士比亚《十四行诗：54》

60

没有云石或王公们金的墓碑
能够和我这些强劲的诗比寿；
你将永远闪耀于这些诗篇里，
远胜过那被时光涂脏的石头。
当这残暴的战争把铜像推翻，
或内讧把城池荡成一片废墟，
无论战神的剑或战争的烈焰
都毁不掉你的遗芳的活历史。
突破死亡和湮没一切的仇恨，
你将昂然站起来：对你的赞美
将在万世万代的眼睛里彪炳，
直到这世界消耗完了的末日。
　　这样，直到最后审判把你唤醒，
　　你长在诗里和情人眼里辉映。

——莎士比亚《十四行诗：55》

61

温柔的爱，恢复你的劲：别被说
你的刀锋赶不上食欲那样快，
食欲只今天饱餐后暂觉满足，
到明天又照旧一样饕餮起来：
愿你，爱呵，也一样：你那双饿眼
尽管今天已饱看到腻得直眨，
明天还得看，别让长期的瘫痪
把那爱情的精灵活生生窒煞：
让这凄凉的间歇恰像那隔断
两岸的海洋，那里一对情侣
每天到岸边相会，当他们看见
爱的来归，心里感到加倍欢愉；
　　否则，唤它做冬天，充满了忧悒，
　　使夏至三倍受欢迎，三倍稀奇。

——莎士比亚《十四行诗：56》

62

你是否故意用影子使我垂垂
欲闭的眼睛睁向厌厌的长夜？
你是否要我辗转反侧不成寐，
用你的影子来玩弄我的视野？
那可是从你那里派来的灵魂
远离了家园，来刺探我的行为，
来找我的荒废和耻辱的时辰，
和执行你的妒忌的职权和范围？
不呀！你的爱，虽多，并不那么大：
是我的爱使我张开我的眼睛，
是我的真情把我的睡眠打垮，
为你的缘故一夜守候到天明！
　　我为你守夜，而你在别处清醒，
　　远远背着我，和别人却太靠近。

——莎士比亚《十四行诗：61》

63

自爱这罪恶占据着我的眼睛，
我整个的灵魂和我身体各部；
而对这罪恶什么药石都无灵，
在我心内扎根扎得那么深固。
我相信我自己的眉目最秀丽，
态度最率真，胸怀又那么俊伟；
我的优点对我这样估计自己：
不管哪一方面我都出类拔萃。
但当我的镜子照出我的真相，
全被那焦黑的老年剁得稀烂，
我对于自爱又有相反的感想：
这样溺爱着自己实在是罪愆。
　　我歌颂自己就等于把你歌颂，
　　用你的青春来粉刷我的隆冬。

——莎士比亚《十四行诗：62》

64

像我现在一样，我爱人将不免
被时光的毒手所粉碎和消耗，
当时辰吮干他的血，使他的脸
布满了皱纹；当他韶年的清朝（zhāo）
已经爬到暮年的巉岩的黑夜，
使他所占领的一切风流逸韵
都渐渐消灭或已经全部消灭，
偷走了他的春天所有的至珍；
为那时候我现在就厉兵秣马
去抵抗凶暴时光的残酷利刃，
使他无法把我爱的芳菲抹煞，
虽则他能够砍断我爱的生命。
　　他的丰韵将在这些诗里现形，
　　墨迹长在，而他也将万古长青。

——莎士比亚《十四行诗：63》

65

既然铜、石、或大地，或无边的海，
没有不屈服于那阴惨的无常，
美，她的活力比一朵花还柔脆，
怎能和他那肃杀的严威抵抗？
哦，夏天温馨的呼吸怎能支持
残暴的日子时刻猛烈的轰炸，
当岩石，无论多么险固，或钢扉，
无论多坚强，都要被时光熔化？
哦，骇人的思想！时光的珍饰，唉，
怎能够不被收进时光的宝箱？
什么劲手能挽他的捷足回来，
或者谁能禁止他把美丽夺抢？
　　哦，没有谁，除非这奇迹有力量：
　　我的爱在翰墨里永久放光芒。

——莎士比亚《十四行诗：65》

66

你那众目共睹的无瑕的芳容，
谁的心思都不能再加以增改；
众口，灵魂的声音，都一致赞同：
赤的真理，连仇人也无法掩盖。
这样，表面的赞扬载满你仪表；
但同一声音，既致应有的崇敬，
便另换口吻去把这赞扬勾销，
当心灵看到眼看不到的内心。
它们向你那灵魂的美的海洋
用你的操行做测量器去探究，
于是吝啬的思想，眼睛虽大方，
便加给你的鲜花以野草的恶臭：
　　为什么你的香味赶不上外观？
　　土壤是这样，你自然长得平凡。

——莎士比亚《十四行诗：69》

67

你受人指摘，并不是你的瑕疵，
因为美丽永远是诽谤的对象；
美丽的无上的装饰就是猜疑，
像乌鸦在最晴朗的天空飞翔。
所以，检点些，谗言只能更恭维
你的美德，既然时光对你钟情；
因为恶蛆最爱那甜蜜的嫩蕊，
而你的正是纯洁无瑕的初春。
你已经越过年轻日子的埋伏，
或未遭遇袭击，或已克服敌手；
可是，对你这样的赞美并不足
堵住那不断扩大的嫉妒的口：
　　若没有猜疑把你的清光遮掩，
　　多少个心灵的王国将归你独占。

——莎士比亚《十四行诗：70》

68

在我身上你或许会看见秋天，
当黄叶，或尽脱，或只三三两两
挂在瑟缩的枯枝上索索抖颤——
荒废的歌坛，那里百鸟曾合唱。
在我身上你或许会看见暮霭，
它在日落后向西方徐徐消退：
黑夜，死的化身，渐渐把它赶开，
严静的安息笼住纷纭的万类。
在我身上你或许会看见余烬，
它在青春的寒灰里奄奄一息，
在惨淡灵床上早晚总要断魂，
给那滋养过它的烈焰所销毁。
　　看见了这些，你的爱就会加强，
　　因为它转瞬要辞你溘然长往。

——莎士比亚《十四行诗：73》

69

我的心需要你，像生命需要食粮，
或者像大地需要及时的甘霖；
为你的安宁我内心那么凄惶
就像贪夫和他的财富作斗争：
他，有时自夸财主，然后又顾虑
这惯窃的时代会偷他的财宝；
我，有时觉得最好独自伴着你，
忽然又觉得该把你当众夸耀：
有时饱餐秀色后腻到化不开，
渐渐地又饿得慌要瞟你一眼；
既不占有也不追求别的欢快，
除掉那你已施或要施的恩典。
　　这样，我整天垂涎或整天不消化，
　　我狼吞虎咽，或一点也咽不下。

——莎士比亚《十四行诗：75》

70

为什么我的诗那么缺新光彩，
赶不上现代善变多姿的风尚？
为什么我不学时人旁征博采
那竞奇斗艳，穷妍极巧的新腔？
为什么我写的始终别无二致，
寓情思旨趣于一些老调陈言，
几乎每一句都说出我的名字，
透露它们的身世，它们的来源？
哦，须知道，我爱呵，我只把你描，
你和爱情就是我唯一的主题；
推陈出新是我的无上的诀窍，
我把开支过的，不断重新开支：
　　因为，正如太阳天天新天天旧，
　　我的爱把说过的事絮絮不休。

——莎士比亚《十四行诗：76》

71

镜子将告诉你朱颜怎样消逝，
日规怎样一秒秒耗去你的华年；
这白纸所要记录的你的心迹
将教你细细玩味下面的教言。
你的镜子所忠实反映的皱纹
将令你记起那张开口的坟墓；
从日规上阴影的潜移你将认清
时光走向永劫的悄悄的脚步。
看，把记忆所不能保留的东西
交给这张白纸，在那里面你将
看见你精神的产儿受到抚育，
使你重新认识你心灵的本相。
　　这些日课，只要你常拿来重温，
　　将有利于你，并丰富你的书本。

——莎士比亚《十四行诗：77》

72

无论我将活着为你写墓志铭，
或你未亡而我已在地下腐朽，
纵使我已被遗忘得一干二净，
死神将不能把你的忆念夺走。
你的名字将从这诗里得永生，
虽然我，一去，对人间便等于死；
大地只能够给我一座乱葬坟，
而你却将长埋在人们眼睛里。
我这些小诗便是你的纪念碑，
未来的眼睛固然要百读不厌，
未来的舌头也将要传诵不衰，
当现在呼吸的人已瞑目长眠。
　　这强劲的笔将使你活在生气
　　最蓬勃的地方，在人们的嘴里。

——莎士比亚《十四行诗：81》

73

我从不觉得你需要涂脂荡粉，
因而从不用脂粉涂你的朱颜；
我发觉，或以为发觉，你的丰韵
远超过诗人献你的无味缱绻：
因此，关于你我的歌只装打盹，
好让你自己生动地现身说法，
证明时下的文笔是多么粗笨，
想把美德，你身上的美德增华。
你把我这沉默认为我的罪行，
其实却应该是我最大的荣光；
因为我不作声于美丝毫无损，
别人想给你生命，反把你埋葬。
　　你的两位诗人所模拟的赞美，
　　远不如你一只慧眼所藏的光辉。

——莎士比亚《十四行诗：83》

《黑斗篷》

比亚兹莱　1894 年

莎乐美服装的原型是日本 19 世纪早期画家春江斋北英的一幅《武士服饰图》。

74

当你有一天下决心瞧我不起，
用侮蔑的眼光衡量我的轻重，
我将站在你那边打击我自己，
证明你贤德，尽管你已经背盟。
对自己的弱点我既那么内行，
我将为你的利益捏造我种种
无人觉察的过失，把自己中伤；
使你抛弃了我反而得到光荣：
而我也可以借此而大有收获；
因为我全部情思那么倾向你，
我为自己所招惹的一切侮辱
既对你有利，对我就加倍有利。
　　我那么衷心属你，我爱到那样，
　　为你的美誉愿承当一切诽谤。

——莎士比亚《十四行诗：88》

75

说你抛弃我是为了我的过失，
我立刻会对这冒犯加以阐说：
叫我做瘸子，我马上两脚都蹩，
对你的理由绝不做任何反驳。
为了替你的反复无常找借口，
爱呵，凭你怎样侮辱我，总比不上
我侮辱自己来得厉害；既看透
你心肠，我就要绞杀交情，假装
路人避开你；你那可爱的名字，
那么香，将永不挂在我的舌头，
生怕我，太亵渎了，会把它委屈；
万一还会把我们的旧欢泄露。
　　我为你将展尽辩才反对自己，
　　因为你所憎恶的，我绝不爱惜。

——莎士比亚《十四行诗：89》

76

离开了你，日子多么像严冬，
你，飞逝的流年中唯一的欢乐！
天色多阴暗！我又受尽了寒冻！
触目是龙钟腊月的一片萧索！
可是别离的时期恰好是夏日；
和膨胀着累累的丰收的秋天，
满载着青春的淫荡结下的果实，
好像怀胎的新寡妇，大腹便便：
但是这累累的丰收，在我看来，
只能成无父孤儿和乖异的果；
因夏天和它的欢娱把你款待，
你不在，连小鸟也停止了唱歌；
　　或者，即使它们唱，声调那么沉，
　　树叶全变灰了，生怕冬天降临。

——莎士比亚《十四行诗：97》

77

我离开你的时候正好是春天，
当绚烂的四月，披上新的锦袄，
把活泼的春心给万物灌注遍，
连沉重的土星[1]也跟着笑和跳。
可是无论小鸟的歌唱，或万紫
千红、芬芳四溢的一簇簇鲜花，
都不能使我诉说夏天的故事，
或从烂漫的山洼把它们采掐：
我也不羡慕那百合花的洁白，
也不赞美玫瑰花的一片红晕；
它们不过是香，是悦目的雕刻，
你才是它们所要摹拟的真身。
　　因此，于我还是严冬，而你不在，
　　像逗着你影子，我逗它们开怀。

——莎士比亚《十四行诗：98》

1　土星在西欧星相学里是沉闷和忧郁的象征。

78

不要把我的爱叫作偶像崇拜，
也不要把我的爱人当偶像看，
既然所有我的歌和我的赞美
都献给一个、为一个，永无变换。
我的爱今天仁慈，明天也仁慈，
有着惊人的美德，永远不变心，
所以我的诗也一样坚贞不渝，
全省掉差异，只叙述一件事情。
“美、善和真”，就是我全部的题材，
“美、善和真”，用不同的词句表现；
我的创造就在这变化上演才，
三题一体，它的境界可真无限。
　　过去“美、善和真”常常分道扬镳，
　　到今天才在一个人身上协调。

——莎士比亚《十四行诗：105》

79

唉，我的确曾经常东奔西跑，
扮作斑衣的小丑供众人赏玩，
违背我的意志，把至宝贱卖掉，
为了新交不惜把旧知交冒犯；
更千真万确我曾经斜着冷眼
去看真情，但天呀，这种种离乖
给我的心带来了另一个春天，
最坏的考验证实了你的真爱。
现在一切都过去了，请你接受
无尽的友谊：我不再把欲望磨利，
用新的试探去考验我的老友——
那拘禁我的、钟情于我的神祇。
　　那么，欢迎我吧，我的人间的天，
　　迎接我到你最亲的纯洁的胸间。

——莎士比亚《十四行诗：110》

80

你的爱怜抹掉那世俗的讥谗
打在我的额上的耻辱的烙印；
别人的毁誉对我有什么相干，
你既表扬我的善又把恶遮隐
你是我整个宇宙，我必须努力
从你的口里听取我的荣和辱；
我把别人，别人把我，都当作死，
谁能使我的铁心肠变善或变恶？
别人的意见我全扔入了深渊，
那么干净，我简直像聋蛇一般，
凭他奉承或诽谤都充耳不闻。
请倾听我怎样原谅我的冷淡：
　　你那么根深蒂固长在我心里，
　　全世界，除了你，我都认为死去。

——莎士比亚《十四行诗：112》

81

是否我的心，既把你当王冠戴，
喝过帝王们的鸩毒——自我阿谀？
还是我该说，我眼睛说的全对，
因为你的爱教会它这炼金术，
使它能够把一切蛇神和牛鬼
转化为和你一样柔媚的天婴，
把每个丑恶改造成尽善尽美，
只要事物在它的柔辉下现形？
哦，是前者；是眼睛的自我陶醉，
我伟大的心灵把它一口喝尽：
眼睛晓得投合我心灵的口味，
为它准备好这杯可口的毒饮。
　　尽管杯中有毒，罪过总比较轻，
　　因为先爱上它的是我的眼睛。

——莎士比亚《十四行诗：114》

82

请这样控告我：说我默不作声，
尽管对你的深恩我应当酬谢；
说我忘记向你缱绻的爱慰问，
尽管我对你依恋一天天密切；
说我时常和陌生的心灵来往，
为偶尔机缘断送你宝贵情谊；
说我不管什么风都把帆高扬，
任它们把我吹到天涯海角去。
请把我的任性和错误都记下，
在真凭实据上还要积累嫌疑，
把我带到你的颦眉蹙额底下，
千万别唤醒怨毒来把我射死；
　　因为我的诉状说我急于证明
　　你对我的爱多么忠贞和坚定。

——莎士比亚《十四行诗：117》

《夜章》

比亚兹莱　1894 年

这幅画中一个孤身女子在黑夜里行走。除了她暴露在空气中的雪白的肌肤，以及几点遥远的街灯外，一切都笼罩在黑暗中，背景中出现了模糊的灰色的建筑。从前景的黑衣女子到背景的灰色建筑，画面的纵深感很强。

T.L.E.COSTUMES

83

我曾喝下了多少鲛人的泪珠
从我心中地狱般的锅里蒸出来，
把恐惧当希望，又把希望当恐惧，
眼看着要胜利，结果还是失败！
我的心犯了多少可怜的错误，
正好当它自以为再幸福不过；
我的眼睛怎样地从眼眶跃出，
当我被疯狂昏乱的热病折磨！
哦，坏事变好事！我现在才知道
善的确常常因恶而变得更善；
被摧毁的爱，一旦重新修建好，
就比原来更宏伟、更美、更强顽。
　　因此，我受了谴责，反心满意足；
　　因祸，我获得过去的三倍幸福。

——莎士比亚《十四行诗：119》

84

你对我狠过心反而于我有利：
想起你当时使我受到的痛创，
我只好在我的过失下把头低，
既然我的神经不是铜或精钢。
因为，你若受过我狠心的摇撼，
像我所受的，该熬过多苦的日子！
可是我这暴君从没有抽过闲
来衡量你的罪行对我的打击！
哦，但愿我们那悲怛之夜能使我
牢牢记住真悲哀打击得多惨，
我就会立刻递给你，像你递给我，
那抚慰碎了的心的微贱药丹。
　　但你的罪行现在变成了保证，
　　我赎你的罪，你也赎我的败行。

——莎士比亚《十四行诗：120》

85

我情妇的眼睛一点不像太阳；
珊瑚比她的嘴唇还要红得多：
雪若算白，她的胸就暗褐无光，
发若是铁丝，她头上铁丝婆娑。
我见过红白的玫瑰，轻纱一般；
她颊上却找不到这样的玫瑰；
有许多芳香非常逗引人喜欢，
我情妇的呼吸并没有这香味。
我爱听她谈话，可是我很清楚
音乐的悦耳远胜于她的嗓子；
我承认从没有见过女神走路，
我情妇走路时候却脚踏实地：
　　可是，我敢指天发誓，我的爱侣
　　胜似任何被捧作天仙的美女。

——莎士比亚《十四行诗：130》

86

我爱上了你的眼睛；你的眼睛
晓得你的心用轻蔑把我磨折，
对我的痛苦表示柔媚的悲悯，
就披上黑色，做旖旎的哭丧者。
而的确，无论天上灿烂的朝阳
多么配合那东方苍白的面容，
或那照耀着黄昏的明星煌煌
（它照破了西方的黯淡的天空），
都不如你的脸配上那双泪眼。
哦，但愿你那颗心也一样为我
挂孝吧，既然丧服能使你增妍，
愿它和全身一样与悲悯配合。
　　黑是美的本质（我那时就赌咒），
　　一切缺少你的颜色的都是丑。

——莎士比亚《十四行诗：132》

87

你的灵魂若骂你我走得太近，
请对你那瞎灵魂说我是你“心愿”，
而“心愿”，她晓得，对她并非陌生；
为了爱，让我的爱如愿吧，心肝。
心愿将充塞你的爱情的宝藏，
请用心愿充满它，把我算一个，
须知道宏大的容器非常便当，
多装或少装一个算不了什么。
请容许我混在队伍中间进去，
不管怎样说我总是其中之一；
把我看作微末不足道，但必须
把这微末看作你心爱的东西。
　　把我名字当你的爱，始终如一，
　　就是爱我，因为“心愿”是我的名字。

——莎士比亚《十四行诗：136》

88

我爱人赌咒说她浑身是忠实，

我相信她（虽然明知她在撒谎），

让她认为我是个无知的孩子，

不懂得世间种种骗人的勾当。

于是我就妄想她当我还年轻，

虽然明知我盛年已一去不复返；

她的油嘴滑舌我天真地信任：

这样，纯朴的真话双方都隐瞒。

但是为什么她不承认说假话？

为什么我又不承认我已经衰老？

爱的习惯是连信任也成欺诈，

老年谈恋爱最怕把年龄提到。

因此，我既欺骗她，她也欺骗我，

咱俩的爱情就在欺骗中作乐。

——莎士比亚《十四行诗：138》

89

你怎能，哦，狠心的，否认我爱你，
当我和你协力把我自己厌恶？
我不是在想念你，当我为了你
完全忘掉我自己，哦，我的暴主？
我可曾把那恨你的人当朋友？
我可曾对你厌恶的人献殷勤？
不仅这样，你对我一皱起眉头，
我不是马上叹气，把自己痛恨？
我还有什么可以自豪的优点，
傲慢到不屑于为你服役奔命，
既然我的美都崇拜你的缺陷，
唯你的眼波的流徙转移是听？
　　但，爱呵，尽管憎吧，我已猜透你：
　　你爱那些明眼的，而我是瞎子。

——莎士比亚《十四行诗：149》

90

哦，从什么威力你取得这力量，
连缺陷也能把我的心灵支配？
教我诬蔑我可靠的目光撒谎，
并矢口否认太阳使白天明媚？
何来这化臭腐为神奇的本领，
使你的种种丑恶不堪的表现
都具有一种灵活强劲的保证，
使它们，对于我，超越一切至善？
谁教你有办法使我更加爱你，
当我听到和见到你种种可憎？
哦，尽管我钟爱着人家所嫌弃，
你总不该嫌弃我，同人家一条心：
　　既然你越不可爱，越使得我爱，
　　你就该觉得我更值得你喜爱。

——莎士比亚《十四行诗：150》

91

你知道我对你的爱并不可靠，

但你赌咒爱我，这话更靠不住；

你撕掉床头盟，又把新约毁掉，

既结了新欢，又种下新的憎恶。

但我为什么责备你两番背盟，

自己却背了二十次！最反复是我；

我对你一切盟誓都只是滥用，

因而对于你已经失尽了信约。

我曾矢口作证你对我的深爱：

说你多热烈、多忠诚、永不变卦，

我使眼睛失明，好让你显光彩，

教眼睛发誓，把眼前景说成虚假——

　　我发誓说你美！还有比这荒唐：

　　抹煞真理去坚持那么黑的谎！

——莎士比亚《十四行诗：152》

92

小小爱神有一次呼呼地睡着，
把点燃心焰的火炬放在一边，
一群蹁跹的贞洁的仙女恰巧
走过；其中最美的一个天仙
用她处女的手把那曾经烧红
万千颗赤心的火炬偷偷拿走，
于是这玩火小法师在酣睡中
便缴械给那贞女的纤纤素手。
她把火炬往附近冷泉里一浸，
泉水被爱神的烈火烧得沸腾，
变成了温泉，能消除人间百病；
但我呵，被我情妇播弄得头疼，
　　跑去温泉就医，才把这点弄清：
　　爱烧热泉水，泉水冷不了爱情。

——莎士比亚《十四行诗：154》

辑三

爱情的礼赞

The Passionate Pilgrim

既然爱情能掩盖我们的不幸，

让爱情骗我吧，我也在欺骗爱情。

93

我的爱发誓说，她是一片真诚，
我相信她，虽然明知道她在撒谎，
我要让她想着我是年幼单纯，
不理解人世的种种欺骗勾当。
就这样我自信她认为我年少，
虽然我实际上早已过了青春，
她的假话使我乐得满脸堆笑，
爱情的热烈顾不得爱的真纯。
可是我的爱为什么不说她老？
我又为什么不肯说我不年轻？
啊，爱情的主旨是彼此讨好，
年老的情人不爱谈自己的年龄：
　既然爱情能掩盖我们的不幸，
　让爱情骗我吧，我也在欺骗爱情。

——莎士比亚《爱情的礼赞：1》

94

难道不是你的能说会道的眼睛，
逼着我违反了自己立下的誓言？
人世上谁又有能力和它争论？
再说，为你破誓也实在情有可原。
我只曾发誓和一个女人绝交，
但我能证明，你却是一位天神：
天仙不能为尘俗的誓言所扰；
而你的洪恩却能使我返璞归真。
誓言不过是一句话，一团空气；
而你，普照大地的美丽的太阳，
已将那气体的誓言全部吸去：
如果消失了，那只能怪你的阳光。
　要说我不该破誓，谁会如此愚妄，
　为要守住自己的誓言，躲避天堂？

——莎士比亚《爱情的礼赞：3》

95

我的爱很美，但她更是非常轻佻；
她像鸽子一样善良，却又从无真情；
光彩赛玻璃，也和玻璃一样脆弱；
柔和如白蜡，却又粗鄙得可恨；
　恰像装点着玫瑰花瓣的百合花，
　她是无比地美丽，也无比虚假。

她常拿她的嘴唇紧贴我的嘴唇，
一边亲吻，一边对我海誓山盟！
她编造出许多故事让我开心，
怕我不爱她，唯恐失去我的恩宠！
　可是，尽管她摆出极严肃的神气，
　她发誓、哭泣，全不过逢场作戏。

她爱得火热，恰像着火的干草，
但也像干草一样着完便完了；
她一面挑起爱火，一面用水浇，

到最后，倒仿佛你让她为难了。

谁知这究竟是恋爱，还是瞎胡闹？

实在糟透了，怎么说也令人可恼。

——莎士比亚《爱情的礼赞：7》

96

如果音乐和诗歌彼此可以协调，
它们原是姊妹，想来应该如此，
那么无疑我们就应该白头到老，
因为你喜爱音乐，我又非常爱诗。
你热爱道兰德[1]，他神奇的琴音
使无数的人忘掉了人世悲苦；
我热爱斯宾塞，他崇高的风韵，
人人熟悉，用不着我为他辩护。
你爱听音乐之后福玻斯[2]的竖琴
弹奏出无比优美的动人的乐章，
而能使我陶醉的最大的欢欣，
则是他自己无拘束地浅吟低唱。
诗人们说，音乐之神也就是诗神；
有人两者都爱，两者集于你一身。

——莎士比亚《爱情的礼赞：8》

1　道兰德（John Dowland，1563？—1626？），英国著名的琴师和作曲家。

2　即太阳神阿波罗，也是音乐（尤其是竖琴）之神。

97

盛开的玫瑰，无端被摘，随即凋谢，
被摘下的花苞，在春天就已枯萎！
晶莹的珍珠为什么会转眼失色？
美丽的人儿，过早地被死神摧毁！
　恰像悬挂在枝头的青青的李子，
　因风落下，实际还不到凋落时。

我为你痛哭，可我说不出为什么，
你虽在遗嘱里没留给我什么东西，
但我得到的却比我希望的还多；
因为我对你本来就无所希冀。
　啊，亲爱的朋友，我请求你原谅！
　你实际是给我留下了你的悲伤。

——莎士比亚《爱情的礼赞：10》

98

维纳斯，坐在一棵山桃的树荫里，
开始跟她身旁的阿都尼调情，
她告诉他战神曾大胆将她调戏，
她学着战神为他表演当时的情景。
“就这样，”她说，“战神使劲把我搂，”
说着她双手紧紧抱住了阿都尼。
“就这样，”她说，“战神解开我的衣扣，”
意思显然要那小伙子别要迟疑。
“就这样，”她说，“他使劲跟我亲吻，”
她说着伸过嘴去紧贴着他的嘴唇；
但他喘了一口气立即匆匆逃遁，
仿佛他压根儿也不了解她的心情。
　啊，但愿我的爱如此情义厚，
　吻我，抱我，弄得我不敢停留。

——莎士比亚《爱情的礼赞：11》

99

衰老和青春不可能同时并存：
青春充满欢乐，衰老充满悲哀；
青春像夏日清晨，衰老像冬令；
青春生气勃勃，衰老无精打采。
青春欢乐无限，衰老来日无多；
青春矫健，衰老迟钝；
青春冒失、鲁莽，衰老胆怯、柔懦；
青春血热，衰老心冷。
衰老，我厌恶你；青春，我爱慕你。
啊，我的爱，我的爱年纪正轻！
衰老，我仇恨你。
啊，可爱的牧人，快去，
我想着你已该起身。

——莎士比亚《爱情的礼赞：12》

100

美不过是作不得准的浮影，
像耀眼的光彩很快就会销毁，
像一朵花儿刚开放随即凋零，
像晶莹的玻璃转眼就已破碎；
　浮影、光彩、鲜花或一片玻璃，
　转瞬间就已飘散、销毁、破碎、死去。

像一丢失便永不能再见的宝物，
像一销毁便无法恢复的光彩，
像玻璃一破碎便不能黏合，
像鲜花一凋谢便绝不重开，
　美也是这样昙花一现，永远消失，
　不管你如何痛苦，如何抹粉涂脂。

——莎士比亚《爱情的礼赞：13》

威廉·莎士比亚（William Shakespeare 1564—1616）

英国文艺复兴时期伟大的剧作家、诗人，人文主义文学的集大成者。莎翁是世界戏剧史上的泰斗。马克思称他为“人类最伟大的天才之一”，他更被誉为“人类文学奥林匹斯山上的宙斯”。莎士比亚的诗歌颂青春和爱情，与现实中的丑恶相对照，坚信美好的事物应当永存，成为文艺复兴历史上不朽的杰作。

朱生豪（1912—1944）

浙江嘉兴人。著名翻译家、诗人。他从24岁起开始翻译莎士比亚作品，直至32岁病逝。他是中国翻译莎翁作品较早和最多的一人。他翻译的莎剧，被公认为是最接近莎剧的文字风格、最通俗易懂的译本。他与夫人宋清如共同编织了纯美的爱情，并把巨大的热情献给了译莎事业。

图书在版编目（CIP）数据

如果世界和爱情都还很年轻：朱生豪译莎士比亚情诗集 /（英）威廉·莎士比亚著；朱生豪译. -- 南昌：百花洲文艺出版社，2017.7

ISBN 978-7-5500-2204-1

Ⅰ. ①如… Ⅱ. ①威… ②朱… Ⅲ. ①爱情诗 – 诗集 – 英国 – 中世纪 Ⅳ. ① I561.23

中国版本图书馆 CIP 数据核字（2017）第 093718 号

出 版 者　百花洲文艺出版社
社　　址　江西省南昌市红谷滩世贸路 898 号博能中心一期 A 座 20 楼
邮　　编　330038
电　　话　0791-86895108（发行热线） 0791-86894790（编辑热线）
网　　址　http://www.bhzwy.com
E-mail　bhzwy0791@163.com

书　　名　如果世界和爱情都还很年轻：朱生豪译莎士比亚情诗集
RUGUO SHIJIE HE AIQING DOU HAI HEN NIANQING　ZHUSHENGHAO YI SHASHIBIYA QINGSHI JI
作　　者　［英］威廉·莎士比亚
译　　者　朱生豪
出 版 人　姚雪雪
特约监制　黄　利　万　夏
责任编辑　安姗姗　陈　蓉
特约编辑　申蕾蕾　常晓光
内文插画　［英］奥博利·比亚兹莱
设计制作　紫图图书 ZITO®
经　　销　全国新华书店
印　　刷　北京中科印刷有限公司
开　　本　787mm×1092mm　1/32
印　　张　8.25
字　　数　50 千字
版　　次　2017 年 7 月第 1 版
印　　次　2017 年 7 月第 1 次印刷
书　　号　ISBN 978-7-5500-2204-1
定　　价　49.90 元

赣版权登字：05-2017-152